AF357045

EPITRE

AU LAC DE GENEVE

1795.

EPITRE
AU LAC DE GENEVE.

AVERTISSEMENT.

LA pièce de vers suivante, auſſi honorable pour le talent, que pour le cœur & l'eſprit de son auteur, a été compoſée l'année dernière, vers le tems où Robeſpierre expioit ſes forfaits à Paris & ſemblait reſſuſcité à Genève; elle était uniquement conſacrée à l'amitié & à de précieux ſouvenirs, & n'avait jamais été deſtinée à la publicité que vient de lui donner un éditeur très-infidèle. Vainement pour déguiſer ſon larcin, il aſſure dans un avertiſſement qui la précède, qu'elle a été trouvée par hazard ſur le grand chemin de Lauſanne à Genève. On ſeroit en effet tenté de croire en la liſant, qu'elle a été ramaſſée dans la boue & publiée par quelque miſérable auſſi étranger au bon goût qu'aux bons principes. Non-content de l'avoir défigurée par des omiſſions, par des corrections ridicules, par une ponctuation déteſtable, il s'érige en cenſeur des ſentimens de l'auteur, pour ſe faire l'apologiſte des crimes d'une révolution, qui a couté tant de larmes, à ceux même qu'elle avoit ſéduit

par tant d'espérances. Ces crimes, il les appell[e]
les douleurs de l'enfantement ; il invite no[s]
politiques Philosophes à être intrépides, à teni[r]
bon contre les esprits trop facilement révolté[s]
par les évènemens , qui s'effrayent de tout &
ne savent pas voir le règne des vertus au-del[à]
du règne des crimes.

Pour nous qui n'avons pas *l'intrépidité* de l'E[-]
diteur, nous qui sommes révoltes de tout ce qu[i]
outrage l'humanité ; nous qui n'insultons pas l[a]
Providence au point de penser qu'il soit réservé
au crime de tracer la route de la vertu , nou[s]
nous contentons de rétablir dans sa pureté l[e]
texte de cette belle épitre.

Quelqu'en soit l'auteur, nous ne parlerons ni de so[n]
talent, ni de ses principes : les amateurs des bon[s]
vers se chargeront de répondre aux critiques ; le[s]
amis des principes partageront l'indignation d[u]
poëte pour les excès dont il fait un tableau si frap[-]
pant ; & tous les honnêtes gens sentiront l[a]
juste horreur que nous ont inspirées les réflexion[s]
de l'Editeur. Heureusement elles ne sont pa[s]
dangereuses aujourd'hui , elle n'auront plus de
partisans que parmi les Membres des Tribunaux
Révolutionaires.

Réduits.

(Imprimé au château de
Dampierre par Mme de
Luynes, né Montmorency.)

Quand les premiers foupirs de mon ame attendrie
S'exalaient dans ton fein; dis fi mon défefpoir
Plus fort que ma raifon, plus fort que mon devoir,
Séparait dans mes vœux Pauline & ma patrie.
Pauline, Ombre adorée! hélas, j'ai trop vécu.
Pourquoi m'avais tu fait jurer de te furvivre?
Sur l'abyme entr'ouvert l'amour m'a retenu,
Il me devait plutôt la faveur de te fuivre.
Ah! puifqu'à te pleurer le ciel m'a condamné,
Permets qu'en ce tombeau d'ou la mort me repouffe
Je puife la penfée & confolante & douce,
Que de nous deux je fuis le feul infortuné.

Non, je ne l'étais point à l'inftant ou Mégère
Et tous fes vîls fuppôts s'attachaient à mes pas;
Ou s'évanouiffaient, comme une ombre légère
Ces frivoles grandeurs qui n'offrent tant d'appas,
Qu'au vulgaire ébloui qui ne les connoît pas.
Aucun remord fecret n'empoifonnait ma vie.
Ma patrie était chère au cœur qu'elle outrageait,
En plaignant fes erreurs, je l'avais bien fervie,
D'un Peuple généreux l'eftime me vengeait.
J'aimais, j'étais aimé. La trompeufe efpérance
Me promettait Pauline, & mes fils & la France,
Et le retour des tems chers à mes fouvenirs,
Ou dans tous mes devoirs je trouvais mes plaifirs,
Ou les Français joignaient les vertus au courage,
Ou de la liberté reffufcitant les droits,
Et des Francs leurs ayeux conquerant l'héritage,
Ils avoient replacé fur l'antique pavois
Leur meilleur citoyen, & le meilleur des rois.

Que ces inftans de gloire ont eû peu de durée,
Un feul jour a changé ces lauriers en ciprès,

La caufe la plus belle, on l'a deshonorée,
Peuple, le fort du monde était dans tes décrêts.
Si de tes corrupteurs les troupes facriléges.
T'ényvrant du pouvoir mis par eux dans tes mains ,
Ne t'avaient pas à pas entrainé dans leurs piéges,
Et fait fubir le fort de tous les fouverains.
Que t'ont dit ces pervers pour te conduire au crime,
Pour s'emparer de toi, pour régner fous ton nom ?
Que tes ordres facrés rendaient tout légitime ;
C'eft la ce que Narciffe avait dit à Néron.

Mais flattant ton orgueil ils craignaient ta raifon.
L'art de t'affocier à leurs projets finiftres ,
Fut de te les cacher, de te nourrir d'erreurs,
De fe créer enfin pour fervir leurs fureurs
Un autre fouverain digne de fes miniftres.
Un fantôme de peuple apparût à leur voix,
Il s'arrogea ton nom, fe faifit de tes droits ;
Il t'enchaîna toi-même, & libre dans fa rage,
Des deux mers à l'Efcaut fit un champ de carnage.
Ce fut lui qui verfa le pur fang de tes rois
C'eft lui que l'on a vu, féroce mercenaire,
Se faire un jeu cruel d'immoler à la fois,
L'Epoufe avec l'époux, la fille avec la mère,
L'imberbe adolefcent près de l'octogénaire,
D'entaffer, de confondre en un feul monument,
Les débris difperfés d'une famille entière
Et des douleurs d'un fiècle accabler un moment.

De toutes ces horreurs que l'avenir vous lave.
Français ! Non, ce n'eft point, ce peuple aimable & brave,
Dont la Meufe & le Rhin atteftent les hauts faits ,
Qui combat en héros l'ennemi qui le brave,
Qui longtems opprimé ne fut jamais efclave,

Non, non ; ce n'eſt pas lui que ſouillent des forfaits,
C'eſt lui qui les punit. J'aime à le reconnaître.
A ſa noble fureur, aux traits qu'il a lancés,
Le jour ou ſa juſtice en foudroyant un traître,
A vengé l'univers. Mais ce n'eſt point aſſez,
Il faut qu'un peuple libre, enfant de la victoire,
Dompte ſes paſſions comme il pourſuit la gloire.
Il faut que de l'erreur le funeſte bandeau
De ſes yeux détrompés à jamais diſparaiſſe ;
Que ſa raiſon reprenne un aſcendant nouveau,
Que la vérité parle, & que la loi renaiſſe.

Quel eſt ce mot magique, au ſens myſtérieux
Qui du temple des loix flétrit le frontiſpice ?
Pourquoi ce ſaint azyle offre-t-il à mes yeux
Révolutionnaire, ou je dois voir Juſtice ?
Révolutionnaire ! Eh quoi , ſont-ils perdus
Ces droits que les Français ont ſi bien défendus ?
N'eſt il plus pour Thémis de balances égales ?
Le crime & la vertu ſont ils aſſimilés ?
Pour les gouvernemens eſt-il des intervalles,
Ou des plus ſaints devoirs les hommes iſolés ,
Puiſſent impunément profeſſer deux morales ,
Et de la liberté traveſtiſſant les droits ,
Convertir en poignard, le fer ſacré des loix ?
La conſcience a donc des vérités nouvelles ;
Un mot peut obſcurcir des clartés éternelles ?
Non. Le trône immuable ou ſiége au haut des airs
Cet aſtre étincellant, ame de l'univers !
N'eſt pas mieux affermi ſur ſa baſe profonde
Que n'eſt la conſcience au fond du cœur humain.
Elle eſt l'aſtre moral, plus néceſſaire au monde,
Que le ſoleil lui-même. On l'intercepte en vain.
Ces ouvrages d'un Dieu ſont de la même main.
S'il étoit un ſeul jour une ſeule occurence,

Ou le salut public prefcriv-it en effet
D'étouffer le remord, d'immoler l'innocence,
De flétrir la vertu, d'honorer un forfait,
De fufpendre des loix l'immortelle puiffance,
Ou de la dévier au gré des paffions.
Si ce temps eft celui des révolutions,
Les révolutions font filles des furies.

Politiques profonds qui dans vos théories
Remontant au berceau de la fociété,
Y cherchiez de nos droits les traces effacées,
Et dirigiez l'effor qu'a pris la liberté,
Aviez vous combiné dans vos doctes penfées,
Ce que feroit un peuple en apprenant foudain
Qu'en lui feul réfidait le pouvoir fouverain ?
Sans doute il était beau ce dogme politique;
En enfeignant aux rois d'où venait leurs pouvoirs,
En épurant fa fource, il traçait leurs devoirs;
Aux peuples il montrait la volonté publique ;
Imprimant fon cachet aux inftitutions,
Et marchant au devant des générations,
Riche de tous les fruits de fa fageffe antique.
Mais ce droit primitif de la fociété,
Ce droit imprefcriptible eft - il illimité ?
Il appartient fans doute aux nations entières.
Tout peuple eft plus ancien que fon gouvernement ;
Mais tout peuple en eût un dès qu'il eût des chaumières;
L'excés de liberté fut fon premier tourment,
Et fon premier befoin d'y pofer des barrières.
Philofophes fenfés, en proclamant nos droits,
Deviez - vous à l'orgueil ôter tout contrepoids ?
Avez - vous cru que l'homme avec plus de lumières,
Eût moins de paffions qu'au fortir de fes bois ?
A tout âge, en tout tems, dupe de fes chimères,
Pour l'erreur qui le flatte il eft toujours nouveau,

Puisque vous ramenez le monde à son berceau,
A ce troupeau d'enfans n'ôtez pas ses lisières.

Mais pourquoi s'épuiser en longs raisonnemens ?
Dans ce choc violent de passions diverses,
Où tout se bat, se meut, s'agite en sens inverse,
Où tour à tour jugé par les évènemens,
Tout est dans le cahos, même l'expérience ;
Des malheureux Français, les esprits tourmentés,
Entre cent mille erreurs & quelques vérités,
A la froide raison auront-ils confiance ?
Il n'est plus que leur cœur pour les bien conseiller.
Des exemples vivans pourroient y réveiller
Ce généreux instinct qu'en secret ils conservent.
Sur les bords du Léman qu'ils viennent, qu'ils observent
Leurs plus anciens amis, deux peuples leurs voisins,
Non soumis à des rois, mais vieux républicains.
Ils verront d'un côté cette antique Genève,
Qui dans sa courte enceinte élevant un grand nom,
Tant que ses vieilles loix conservèrent leur séve,
Des peuples les plus fiers égala le renom.
D'un gouvernement doux, l'équitable puissance,
Ouvrage de l'estime & de la confiance,
Des volontés du peuple instrument respecté,
Tenoit entre ses mains le glaive & la balance,
Sous l'égide des mœurs & de la probité,
La paisible industrie en sa simplicité
Prospérait à l'abri d'une liberté sage,
Et tenant lieu de sol & de fécondité,
Composait elle seule un immense héritage.
L'abondance, la paix & la fraternité
D'un Peuple intelligent étoient l'heureux partage;
Et sous le plus beau ciel s'il passait un nuage,
Par les Zéphirs bientôt il était écarté.

Tout-à-coup le Démon, qui plane ſur la France,
Aux yeux des Genevois fait briller ſon niveau,
Et de ce taliſman la magique puiſſance
Montre tous les objets ſous un aſpect nouveau.
Déjà des magiſtrats la vigilance active
Eſt uſurpation, abus d'autorité;
L'opulence eſt un vol fait à la pauvreté;
Le droit de citoyen injuſtement dérive
Des hazards de naiſſance ou de propriété.
A des pareils forfaits on ne fait point de grace;
On s'aſſemble à la hâte, on s'arme, on ſe menace;
Les nombreux atteliers ſont à l'inſtant déſerts,
Le cri d'égalité retentit dans les airs,
Et le civiſme alors ſe meſure à l'audace.

Mais bientôt le pillage & la proſcription
Des utiles travaux ont deſſéché la ſource :
Un moment enrichi de confiſcations,
Le pauvre ſans ſalaire eſt bientôt ſans reſſource;
Le commerce a quitté ces déplorables bords,
Où lui ſeul de Cérès dépoſait les tréſors;
La famine en fureur l'appelle & le repouſſe;
Et déſormais errant au milieu des tombeaux,
Des plus vils alimens s'arrachant les lambeaux,
En proye à des douleurs qu'aucun eſpoir n'émouſſe,
Les Genevois plongés dans la même ſtupeur
Sont égaux en effet, mais c'eſt par le malheur.

A cet affreux tableau tous vos cœurs ſe ſoulèvent,
Français, eh bien quittons ces bords enſanglantés,
Cet effroyable amas de vos calamités.
Vers des objets plus doux que vos regards s'élèvent;
Venez rapprendre enfin à goûter le bonheur;
Venez le contempler ſur ce même rivage,

Où depuis trois cent ans l'a fixé le courage;
Non tel que dans Paris, un prestige enchanteur
A des yeux éblouis, en présentait l'image.
C'est tel que la vertu l'offre à la liberté,
Qu'au sein de l'Helvétie il est acclimaté.
Là de vos novateurs l'orgueilleuse ignorance
De sophismes armée, a tenté comme ailleurs
D'égarer les esprits en dépravant les cœurs.
„ Voyons, leur a-t-on dit, voyons l'expérience;
„ La notre est vieille & douce, & la votre est d'hier. „
Oui, peuple vertueux, oui tu peux être fier
De présenter l'exemple unique dans l'histoire
De trois siècles de paix préparés par la gloire.
Quel est le peuple, hors toi, qui puisse repasser
Ses innombrables faits transmis à la mémoire,
Sans en trouver un seul qu'il voulut effacer?
De sa longue vertu, de ses principes sages,
Lorsqu'un gouvernement peut donner de tels gages,
Malheur aux esprits faux, d'un système entêtés,
Qui réfutent des faits par des subtilités.

Ce beau pays répond à toutes les critiques;
On n'y voit point le luxe & sa fausse grandeur,
Offrir dans des palais entourés de portiques
Un affligeant contraste au toit du laboureur.
L'honorable travail est partout en honneur;
Partout il entretient au sein de l'abondance
Le bon ordre, les mœurs, les désirs modérés,
Et ces plaisirs si purs, que l'oisive opulence
Ne connoîtra jamais sous ses lambris dorés.

La Patrie en péril soudain fait-elle entendre
A ces hommes de paix le besoin qu'elle a d'eux?
Sur la cîme des monts voit-t-on briller ces feux,
Qui depuis si long tems reposaient sous la cendre?

Ce signal éclatant suspend tous les travaux,
De ces agriculteurs fait autant de héros ;
En bataillons nombreux ils marchent à la gloire,
Et ne furent jamais trompés par la victoire.

Mais contens de transmettre intact à leurs neveux
Ainsi que les vertus, le sol de leurs ayeux,
Ils ne franchiront point l'immuable limite
Qu'aux fureurs des tyrans la nature a prescrite ;
Et modestes vainqueurs, rentrés dans leurs foyers,
D'un souris de l'amour ils se croiront payés.

C'est ainsi qu'au milieu de ce tableau mobile
De peuples tour à tour l'un par l'autre asservis,
Des seuls Helvétiens le courage tranquille,
A de la liberté fait respecter l'azyle,
Et transmis ses droits purs, tels qu'il les a conquis.

Il est vrai qu'attachés à leur bonheur antique,
Et n'en voulant point d'autre, ils ont modestement
Gardé leurs loix, leurs mœurs, leur morale publique,
Leur religion même, & leur gouvernement.
Sur la sincérité fondant leur politique,
En paix avec la terre, en paix avec le ciel,
L'âge d'or est chez eux depuis Guillaume - Tell.

Aux yeux de nos Français, affamés de conquêtes,
Ce bonheur monotone aura - t - il des ~~des~~ appas ?
Accoûtumés à vivre au milieu des tempêtes,
Ils te fuiront, Léman, tu ne leur conviens pas.
Sur leur vaste Océan troublé par tant d'orages,
Puisqu'un destin funeste entraîne encor leurs pas,
Puissent - ils sans pilote échapper aux naufrages !

Puiſſe le crime, au moins, trompé dans ſes efforts,
Ne pas empoiſonner par de nouveaux remords
Le jour où le malheur les aura rendus ſages !

Et vous que leur exemple avait d'avance inſtruits
A reſpecter des loix par le tems conſacrées,
Fortunés habitans de ces belles contrées,
Vous que l'on n'a jamais ni vaincus ni ſéduits,
Continuez d'offrir au reſte de la terre
L'exemple des vertus dont peut-être bientôt,
Sans la fidélité de votre caractère,
L'Europe aurait perdu le précieux dépôt.
Mais de ce feu ſacré vous ſerez les Veſtales;
Chez-vous la bonne foi, la générofité,
Là candeur, la franchiſe, & la ſimplicité,
Tranſmiſes d'âge en âge, y ſont nationales.
Ah ! ſurtout conſervez vos mœurs patriarchales ;
Que les noms ſi touchans & de père & d'époux
Soient les plus révérés, comme ils font les plus doux.
De vos traits primitifs, n'effacez point les traces,
Ils ont aſſez perdu de leur auſtérité ;
Puiſſiez-vous les tranſmettre à la poſtérité,
Tels que je les ai vus, embellis par des Graces,
Qui n'en altéraient point l'originalité.

O ! combien j'aimerais à citer mon modèle,
A trahir le ſecret du lieu qui le recèle,
A placer B.... parmi les noms fameux !
B.... ton beau ſite où l'œil charmé s'égare
Entre les bords fleuris que le Léman ſépare,
Jufqu'aux ſommets glacés de ces monts orgueilleux
Qu'entaſſaient les Titans pour attaquer les Dieux.
Ce luxe de beautés, leur contraſte ſublime

Au voyageur fenfible offriralt moins d'attraits
Que l'azyle modefte où je le conduirais.
Mais je dois m'interdire un tribut légitime,
L'azyle du bonheur fuit la célébrité.
Si j'ofais dénoncer tant de talens aimables,
Le bon goût cultivant tous les arts agréables,
La raifon fans foibleffe & fans févérité,
Un efprit à la fois & brillant & folide,
Le cœur le plus aimant, l'ame la plus candide,
Je trahirais les droits de l'hofpitalité.